AF592596

PRINCIPES ABRÉGÉS DE LA GRAMMAIRE LATINE,

A l'uſage de ceux qui commencent à compoſer en Latin.

A GENEVE,
Chez BONNANT, Imprimeur-Libraire, au bas de la vallée du Collège.

1803.

33

AVERTISSEMENT.

ON ne sauroit trop faciliter l'étude d'une Langue, aussi difficile à enseigner & à apprendre, que l'est la Langue Latine. C'est dans cette vue qu'on a composé ce petit Abrégé de Principes. *On peut le considérer comme une Introduction aux Grammaires de Mrs.* J. Clarke *&* L. Poëtevin.

Après avoir rappellé à la mémoire des Enfans, ce qu'il y a d'essentiel dans la Théorie des Parties du Discours, on donne & on explique seize Règles, qu'on a jugé les plus importantes, & auxquelles il faut tenir, pendant quelque temps, les Enfans qui commencent à composer en Latin. On les a exposées avec le plus de précision & de clarté qu'il a été possible. Et comme il ne suffit pas de faire apprendre ces Règles de mémoire aux Ecoliers, mais qu'il faut s'assurer qu'ils les ont bien comprises, on a joint aux Exemples qu'on a mis sous chaque Règle, d'autres Exemples, auxquels les Ecoliers doivent faire eux-mêmes l'application de la Règle, & où on ne leur apprend que le Nominatif des Noms, & l'Infinitif des Verbes. C'est la méthode qu'on a jugé la plus propre, pour conduire les Enfans, sans beaucoup de peine, à la Composition.

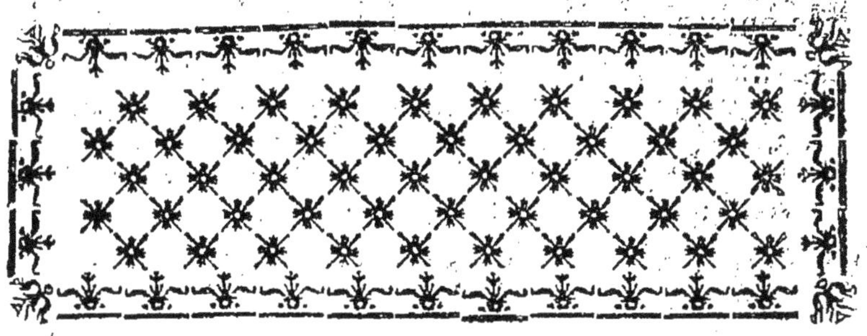

PRINCIPES ABRÉGÉS DE LA GRAMMAIRE LATINE.

1. D. QU'eſt-ce que la *Grammaire* ?

R. C'eſt l'art de parler & d'écrire correctement.

2. D. Combien de ſortes de *Lettres* y a-t-il?

R. Il y en a de deux ſortes ; ſavoir, *les Voyelles*, qui ſont, *a*, *e*, *i*, *o*, *u*, & *y* : les autres s'appellent *Conſonnes*, telles ſont, *b*, *c*, *d*, *f*, [illegible], &c.

3. D. Qu'eſt-ce qu'une *Syllabe* ?

R. C'eſt une ou pluſieurs lettres jointes enſemble, qui ne forment qu'un ſon : ainſi dans le mot *Commencement*, il y a quatre ſyllabes.

4. D. Qu'appelle-t-on *Diphthongue* ?

R. On appelle *Diphthongue*, deux voyelles jointes ensemble, qui ne font qu'une syllabe, comme, *æ*, *au*, *eu*, *œ*.

5. D. Qu'appelle-t-on les *Parties d'Oraison?*

R. On appelle ainsi les différentes sortes de mots dont on se sert dans le Discours?

6. D. Quelles sont ces différentes Parties du Discours?

R. Ce sont le Nom, le Pronom, le Verbe, l'Adverbe, la Préposition, la Conjonction & l'Interjection.

7. D. Qu'est-ce qu'*un Nom*?

R. C'est un mot par lequel une chose est nommée.

8. D. Combien de sortes de Noms y a-t-il?

R. Il y en a de deux sortes; savoir, *les Noms Substantifs* & *les Noms Adjectifs*.

9. D. Qu'est-ce qu'*un Nom Substantif?*

R. C'est un mot qui sert à nommer une chose, comme un Banc, *Scamnum*. Un Lit, *Cubile*. Un Fruit, *Fructus*.

10. D. Qu'est-ce qu'*un Nom Adjectif?*

R. C'est un mot qui sert à marquer la qualité des choses, comme, Beau, belle, *Pulcher*, *pulchra*, *pulchrum*: Doux, douce, *dulcis*, *dulce*. Ainsi quand on dit, *Une belle maison*, le mot *Maison* est celui qui nomme la chose dont on parle; c'est *un Nom Substantif*: & le mot *belle* est celui qui marque une qualité de la chose, qui est la beauté; c'est *un Nom Adjectif*.

11. D. Que faut-il remarquer dans les Noms?

R. Il y a quatre choses à remarquer dans les

Noms; ſavoir, *les Nombres*, *les Cas*, *les Genres*, & *la Déclinaiſon*.

12. D. Combien y a-t-il de Nombres?

R. Il y a deux Nombres; ſavoir, *le Singulier* & *le Pluriel*. *Le Singulier*, c'eſt quand on ne parle que d'une ſeule choſe, ou d'une ſeule perſonne, comme, *une Maiſon*, *un Temple*, *un Riche*. *Le Pluriel*, c'eſt quand on parle de deux ou de pluſieurs choſes, ou perſonnes, comme, *les Maiſons*, *les Temples*, *les Riches*.

13. D. Combien y a-t-il de *Cas?*

R. Il y a ſix Cas, qui ſont, *le Nominatif*, *le Génitif*, *le Datif*, *l'Accuſatif*, *le Vocatif* & *l'Ablatif*.

14. D. Combien y a-t-il de *Genres*?

R. Il y a trois Genres, qui ſont *le Maſculin*, *le Féminin*, & le *Neutre*.

La Marque qui ſert à diſtinguer les Genres des Noms qui ſont déclinés dans la Grammaire, eſt le pronom *hic*, *hæc*, *hoc*. *Hic Dominus* eſt maſculin. *Hæc Lectio* eſt féminin. *Hoc Cubile* eſt neutre.

15. D. Qu'avez-vous à remarquer ſur les Noms Neutres?

R. Les Noms Neutres ont trois cas ſemblables, tant au ſingulier qu'au pluriel, qui ſont le Nominatif, l'Accuſatif & le Vocatif. Et ces trois cas au Pluriel, ſont terminés en *a*; comme, *Scamnum*, *Scamna*; *Cubile*, *Cubilia*.

16. D. Qu'eſt-ce que *Décliner un Nom*?

R. C'eſt le réciter avec ſes différentes parties.

17. D. Combien y a-t-il de *Déclinaisons*?

R. Il y en a cinq. On les distingue par la terminaison du Génitif.

Les Noms de la I^e. Déclinaison, ont le Génitif terminé en *æ*, comme, *Mensa*, *Mensæ* : & en *es*, comme *Epitome*, *Epitomes*.

Les Noms de la IIe. Déclinaison, ont le Génitif terminé en *i*, comme, *Dominus*, *Domini*.

Les Noms de la IIIe. Déclinaison, ont le Génitif terminé en *is*, comme, *Pater*, *Patris*.

Les Noms de la IVe. Déclinaison, ont le Génitif terminé en *ûs*, comme, *Fructus*, *Fructûs*.

Les Noms de la Ve. Déclinaison, ont le Génitif terminé en *ei*, comme, *Res*, *rei*.

18. D. Après avoir expliqué ce qui regarde les Noms Substantifs, qu'avez-vous à remarquer sur *les Noms Adjectifs*?

R. Les Noms Adjectifs ont trois genres.

Il y en a qui ne se terminent que d'une même manière pour les trois genres, au Nominatif & en d'autres cas, comme, *Felix*. *Prudens*. *Elégans*.

Il y en a qui se terminent de deux manières, comme, *Dulcis*, *dulce*. *Major*, *majus*. Le premier mot est masculin & féminin, & le second est neutre.

Il y en a qui se terminent de trois manières, comme, *Bonus*, *bona*, *bonum*. *Pulcher*, *pulchra*, *pulchrum*. Le premier mot est masculin; le second est féminin; le troisième est neutre.

19. D. Qu'eſt-ce qu'*un Pronom* ?

R. *Un Pronom* eſt un Mot qui ſe met à la place d'un Nom.

20. D. Qu'appelle-t-on les *Pronoms Perſonnels* ?

R. Ce ſont trois pronoms qui ſervent à indiquer les perſonnes qui figurent dans le diſcours.

La 1re. perſonne eſt celle qui parle. Elle eſt marquée par le Pronom *Ego*, je ; & au pluriel, *Nos*, nous.

La 2e. perſonne eſt celle à qui l'on parle : Elle eſt marquée par le Pronom *Tu* ; & au pluriel, *Vos*, vous.

La 3e. perſonne eſt celle de qui l'on parle : Elle eſt marquée par le Pronom *Sui*, de ſoi ; ou *ille*, *illa*, *illud*, il, elle.

21. D. N'y a-t-il pas d'autres Pronoms ?

R. Il y a encore les Pronoms Démonſtratifs, comme, *hic*, *hæc*, *hoc*. *Is*, *ea*, *id*. *Ille*, *illa*, *illud*. *Ipſe*, *ipſa*, *ipſum*.

Les Pronoms Poſſeſſifs, qui ſont, *Meus*. *Tuus*. *Suus*. *Noſter*. *Veſter*.

Le Pronom Déterminatif ou Explicatif, ſavoir, *Quis & qui*, *quæ*, *quod & quid*.

Les Pronoms Indéfinis, comme, *Aliquis*. *Alius*. *Quiſque*. *Omnis*. *Nullus*. *Quicumque*. *Quivis*. &c.

22. D. Qu'appelle-t-on les *Degrés de Comparaiſon* ?

R. On appelle ainſi différentes manières de marquer à quel degré une choſe a telle ou telle qualité. C'eſt ce qui a lieu dans les Noms Adjectifs, & dans les Adverbes.

23. D. Expliquez cela plus clairement.

R. L'Adjectif tout ſimple s'appelle *Poſitif*, comme, Juſte, *Juſtus*, *juſta*, *juſtum*.

Lors qu'en Français il y a *plus* avant un nom Adjectif, c'eſt le Comparatif; comme, plus juſte, *juſtior* & *juſtius*.

Si avant l'Adjectif il y a *le plus*, ou *la plus*, ou *les plus*, ou *très*, ou *fort*, c'eſt *le Superlatif*; comme, le plus juſte, ou très-juſte, *juſtiſſimus*, *a*, *um*. De même, Doux, *Dulcis*, fait au Comparatif, plus doux, *dulcior & dulcius*: & au Superlatif, très-doux, ou le plus doux, *Dulciſſimus*, *a*, *um*.

Les Comparatifs ſe déclinent comme *Major & Majus*: Et les Superlatifs ſe déclinent comme *Bonus*, *bona*, *bonum*.

24. D. Comment ſe forment les Comparatifs & les Superlatifs?

R. Pour former le Comparatif, il faut ajouter *or* & *us*, au cas du poſitif, terminé en *i*: par exemple, au datif, *felici*, ajoutez, *or* & *us*, vous avez le Comparatif, *Felicior & felicius*, plus heureux.

Pour former le Superlatif, ajoutez à ce même cas terminé en *i*, *ſſimus*, *a*, *um*: ainſi, à *felici*, ajoutez, *ſſimus*, vous avez *Feliciſſimus*, *a*, *um*, très-heureux, très-heureuſe.

25. D. Tous les Comparatifs & tous les Superlatifs ſe forment-ils de la même manière?

R. Non: il y en a pluſieurs irréguliers. En voici quelques-uns. *Bonus*, *a*, *um*: Bon, bonne,

Comp. *Melior & melius*, meilleur, meilleure : Superl. *Optimus, a, um*, le meilleur, la meilleure.

Malus, a, um, méchant, mauvais. Comp. *Pejor & pejus*, pire, plus mauvais. Superl. *Pessimus, a, um*, le pire, le plus mauvais.

Magnus, a, um, Grand, grande. Comp. *Major & majus*, plus grand. Superl. *Maximus, a, um*, le plus grand.

Parvus, a, um, petit, petite. Comp. *Minor, & minus*, moindre, plus petit. Superl. *Minimus, a, um*, le moindre, le plus petit.

Multus, a, um, beaucoup. Comp. *Plus*, plus. Superl. *Plurimus, a, um*, en très-grand nombre.

Il y a auſſi des Adjectifs dont le Nominatif maſculin eſt terminé en *er*; & le Superl. en *rrimus*, comme, *Tener, tenera, tenerum*, tendre. Comp. *Tenerior, tenerius*, plus tendre. Superl. *Tenerrimus, a, um*, très-tendre.

D'autres terminés en *lis*, ont le Superlatif terminé en *llimus*, comme, *Facilis, facile*, aiſé, facile. Comp. *Facilior*, & *facilius*, plus aiſé. Superl. *Facillimus, a, um*, très-aiſé.

Enfin il y a des Adjectifs qui n'ont ni Comparatif ni Superlatif : Ce ſont ceux qui ont une voyelle avant la dernière ſyllabe. Alors, *plus*, s'exprime par *magis* : & *le plus*, ou *très*, s'exprime par *valdè* ou *maximè* : Comme, Néceſſaire, *Neceſſarius, a, um*; Plus néceſſaire, *Magis neceſſarius*; Très-néceſſaire, *Maximè néceſſarius*.

DES VERBES.

26. D. Qu'eſt-ce qu'un *Verbe* ?

R. C'eſt un mot qui ſert principalement à affirmer une Action ou un Evénement.

27. D. Que faut-il conſidérer dans les *Verbes* ?

R. Il faut y conſidérer cinq choſes, qui ſont, *la Conjugaiſon*, *les Nombres*, *les Perſonnes*, *les Modes* & *les Tems.*

28. D. Qu'eſt-ce que *Conjuguer un Verbe* ?

R. C'eſt le réciter avec ſes différentes Parties.

29. D. Combien y a-t-il de *Conjugaiſons* ?

R. Il y en a quatre. On les diſtingue par la terminaiſon de l'Infinitif.

Les Verbes de la I^e^. Conjugaiſon ont l'Infinitif terminé en *are*, comme, *amo*, *amare.*

Les Verbes de la IIe. Conj. ont l'Infinitif terminé en *ēre*, comme, *doceo*, *docēre.*

Les Verbes de la IIIe. Conj. ont l'Infinitif terminé en *ere*, comme *lego*, *legere.*

Les Verbes de la IVe. Conj. ont l'Infinitif terminé en *ire*, comme, *nutrio*, *nutrire.*

30. D. Combien y a-t-il de *Nombres* dans les Verbes ?

R. Il y en a deux, comme dans les Noms ; ſavoir, *le Singulier* & *le Pluriel.*

31. D. Combien y a-t-il de *Perſonnes* ?

R. Il y en a trois ; ſavoir, celle qui parle, *je* & *nous.*

Celle à qui l'on parle, *tu* & *vous.*

Celle de qui l'on parle; *il*, *ils*, ou *elles.*

32. D. Combien y a-t-il de *Modes*?

R. Il y en a quatre; ſavoir, *l'Indicatif*, *l'Impératif*, *l'Optatif* ou *le Subjonctif*, & *l'Infinitif.*

33. D. Combien y a-t-il *de Tems*?

R. Il y en a cinq, qui ſont, *le Préſent*, *l'Imparfait*, *le Prétérit* ou *le Parfait*, *le Pluſqueparfait*, & *le Futur.*

34. D. Combien y a-t-il de ſortes de *Verbes*?

R. Il y en a quatre ſortes; ſavoir, les Verbes *Actifs*, les Verbes *Paſſifs*, les Verbes *Déponens*, & les Verbes *Neutres.*

35. D. Expliquez en peu de mots en quoi ces Verbes ſont différens les uns des autres?

R. *Les Verbes Actifs* expriment une action que l'on fait, & qui paſſe ſur quelque ſujet : par exemple, *frapper quelqu'un;* le premier mot eſt un Verbe Actif qui marque l'action de frapper, & le ſecond mot exprime le ſujet ſur lequel cette action tombe. Les Verbes Actifs qui ſont dans la Grammaire, ſont, *Amare*, *Docêre*, *Legere* & *Nutrire.*

Les Verbes Paſſifs expriment l'action que l'on reçoit : comme, *je ſuis enſeigné*, eſt un verbe paſſif, parce qu'il marque que je reçois l'enſeignement. Les Verbes paſſifs, conjugués dans la Grammaire, ſont, *Amari*, *Doceri*, *Legi*, & *Nutriri.*

Les Verbes Déponens ſe terminent & ſe conjuguent comme les Verbes Paſſifs, & ils ont ſouvent la Signification Active; comme, *Precari*, prier : *Pollicêri*, promettre : *Amplecti*, embraſſer : *Metiri*, meſurer.

Les Verbes Neutres ſe terminent & ſe conjuguent comme les Verbes Actifs, & n'ont point de Paſſifs : comme, *Supplicare*, ſupplier : *Favêre*, favoriſer : *Studêre*, étudier.

36. D. N'y a-t-il pas des Verbes d'une autre ſorte, & qui ſe conjuguent de quelque autre manière ?

R. Il y a encore des Verbes *Imperſonnels*, qui n'ont que les Infinitifs Préſent & Paſſé, & la troiſiéme Perſonne ſingulière de chaque tems, comme, *Oportet*, il faut : *Decet*, il convient : *Contingit*, il arrive.

Il y a auſſi des Verbes *Irréguliers*, qui ne ſe conjuguent pas comme les autres que nous avons indiqués : tels ſont, *Eſſe*, être. *Prodeſſe*, profiter. *Poſſe*, pouvoir. *Ire*, aller. *Velle*, vouloir. *Nolle*, ne vouloir pas. *Malle*, aimer mieux. *Ferre*, porter. *Fieri*, être fait. *Edere*, manger. *Abeſſe*, être abſent. *Adeſſe*, être préſent.

37. D. Qu'eſt-ce qu'un *Adverbe* ?

R. Un *Adverbe* eſt un mot indéclinable, qui étant joint à un Verbe, ou à quelqu'autre mot, en détermine la ſignification, par quelque circonſtance.

Exemples.

Sagement, avec ſageſſe.	*Sapienter.*
Honnêtement.	*Honeſtè.*
Honteuſement.	*Turpiter.*
Bien.	*Benè.*
Beaucoup.	*Multùm.*

Peu.	*Parùm.*
Où.	*Ubi.*
Nullement, point du tout.	*Minimè.*

38. Qu'eſt-ce qu'une *Prépoſition ?*

R. C'eſt une partie du Diſcours, indéclinable, qui ſe met ordinairement avant un nom qui en dépend. Il y en a vingt-neuf qui régiſſent l'Accuſatif.

A, pour.	*Ad.*
Chez, auprès.	*Apud.*
Devant.	*Ante.*
Contre.	*Adversùs* ou *adversùm.*
Deçà.	*Cis.*
Deçà, ſans.	*Citra.*
Autour.	*Circum.*
Auprès, environ, touchant.	*Circa.*
Environ.	*Circiter.*
Contre.	*Contra.*
Envers.	*Erga.*
Hors.	*Extra.*
Au-deſſous.	*Infra.*
Entre.	*Inter.*
Dans, au-dedans.	*Intra.*
Auprès, ſelon.	*Juxta.*
Pour, devant.	*Ob.*
En la puiſſance.	*Penes.*
Par, par le moyen de.	*Per.*
Derrière.	*Pone.*

Après.	*Post.*
Hormis, excepté, outre.	*Præter.*
Proche, auprès, presque.	*Prope.*
A cause, auprès.	*Propter.*
Selon, après.	*Secundùm.*
Le long, joignant.	*Secùs.*
Au-dessus.	*Supra.*
Au-delà.	*Trans.*
Outre.	*Ultra.*

Il y a treize autres Prépositions qui se mettent toujours avant l'Ablatif, savoir :

De, par, dès, depuis.	*A, ab, abs.*
Sans.	*Absque.*
En la présence de.	*Coram.*
Avec.	*Cum.*
De, sur, touchant.	*De.*
De, d'entre.	*E, ex.*
En public.	*Palam.*
Devant.	*Præ.*
Pour.	*Pro.*
Sans.	*Sine.*

39. D. N'y a-t-il pas des Prépositions qui se mettent quelquefois avant l'Accusatif, & quelquefois avant l'Ablatif?

R. Oui, comme, *In*, en, dans. *Sub*, sous. *Super*, sur. *Subter*, dessous. Elles régissent l'Accusatif, quand elles sont après *un Verbe de mouvement*, c'est-à-dire, après un Verbe qui marque

que l'on paſſe d'un endroit dans un autre, comme :

Aller dans la Ville.	*Ire in Urbem.*
Revenir ſous le toit.	*Redire ſub tectum.*
Nous allons ſur la montagne.	*Imus ſuper montem.*
Je vais ſous la voûte.	*Eo ſubter teſtudinem.*

Ces mêmes Prépoſitions régiſſent l'Ablatif, lorſqu'elles ſont après *un Verbe de Repos*, c'eſt-à-dire, après un Verbe qui marque que l'on ne ſort pas du lieu où l'on eſt, comme :

Nous ſommes dans la Claſſe.	*Sumus in Scholâ.*
Nous mangeons ſous les arbres.	*Edimus ſub Arboribus.*
Tu as habité ſur la colline.	*Habitaviſti ſuper colle.*
Il eſt caché ſous le toit.	*Latet ſub tecto.*

On trouve pluſieurs exemples de *ſuper* avec l'Accuſatif. *Leo stabat ſuper juvencum.*

40. D. Qu'eſt-ce qu'*une Conjonction ?*

R. *La Conjonction* eſt un mot qui ſert à lier enſemble les parties du Diſcours.

Exemples.

Et.	*Et, atque, ac.*
Ou.	*Aut, vel.*
Car.	*Nam, enim.*
Parce que.	*Quia.*

Mais.	*Sed, atqui.*
Quoique.	*Quamvis.*
Cependant.	*Tamen.*
Donc.	*Igitur, Ergò.*
Lors que.	*Cùm.*
Afin que, comme.	*Ut.*

41. D. Qu'est-ce qu'une *Interjection* ?

R. *L'Interjection* est un mot que l'on employe pour marquer quelque mouvement passionné de l'Ame, comme :

Hélas !	*Heu !*
Comment ! Quoi !	*Papæ !*
Malheur à !	*Væ !*
Oh !	*Proh !*

ABREGÉ

ABRÉGÉ
DES PRINCIPALES RÈGLES pour la Compoſition Latine.

REGLE I.

D. Quand il y a un Nom Adjectif, ou un Pronom, ou un Participe, ou un Comparatif, ou un Superlatif, joint à un Nom Subſtantif, en quel cas, en quel genre, & en quel nombre doit-on les mettre ?

R. On doit les mettre au même genre, au même nombre, & au même cas, que celui où eſt le Nom Subſtantif auquel ils ſe rapportent.

Exemples.

Notre livre.	*Noſter liber.*
Ma fille.	*Mea filia.*
Un Nom beau ou plus beau.	*Nomen pulchrum, ou pulchrius.*
Un homme de bien.	*Vir probus.*
Une femme belle.	*Mulier formoſa.*
Un Ciel ſerein.	*Cœlum ſerenum.*
Le Roi qu'il faut honorer.	*Rex honorandus.*
Une choſe certaine.	*Res certa.*
Mon Maître très-ſavant.	*Meus Magiſter doctiſſimus*

BIBLIOTHÈQUE [illegible]

Autres Exemples, pour exercer les Ecoliers à l'application de la première Règle.

Un fruit nouveau.	*Fructus, ûs,* m. *recens, tis.*
Une bonne ſanté.	*Bonus, a, um, valetudo, inis,* f.
Un naturel heureux.	*Indoles, is,* f. *bonus, a, um.*
Un nom honorable.	*Nomen, inis,* n. *glorioſus, a, um.*
Un plaiſir paſſager.	*Voluptas, atis,* f. *fluxus, a, um.*
Une paſſion criminelle.	*Cupiditas, atis,* f. *nefarius, a, um.*
Un deſſein très-mauvais.	*Conſilium, ii,* n. *peſſimus, a, um.*
Un ouvrage inutile.	*Opus, eris,* n. *inutilis, le.*
D'un diſcours parfait, *au génitif.*	*Oratio, nis,* f. *perfectus, a, um.*
A une vérité certaine.	*Veritas, tis,* f. *certus, a, um.*
Le bonheur éternel, *à l'accuſatif.*	*Felicitas, tis,* f. *æternus, a, um.*
O ſiècle corrompu.	*Seculum, i,* f. *depravatus, a, um.*
Par ta main belle.	*Tuus, a, um; manus, ûs,* f. *pulcher, a, um.*

Les corps foibles.	*Corpus, oris*, n. *debilis, e*, ou *infirmus, a, um.*
Des arbres hauts, *au génitif.*	*Arbor, ris*, f *procerus, a, um.*
Aux Royaumes plus fleurissans.	*Regnum, i*, n. *florentior, & tius.*
Les habits précieux, *à l'accusatif.*	*Vestis, is*, f. *pretiosus, a, um.*
O désirs blâmables.	*Cupiditas, tis*, f. *vitupe-randus, a, um.*
Par les modèles plus parfaits.	*Exemplar, ris*, n. *perfectior, & ius.*

REGLE II.

D. Vous avez dit ci-devant qu'un Verbe sert à affirmer une Action ou un Evénement : En quel cas faut-il mettre le Nom de la personne, ou de la chose qui fait l'action exprimée dans le Verbe ?

R. Il faut mettre ce Nom au Nominatif : C'est ce qu'on appelle le *Nominatif du Verbe.* Lors que ce Nominatif est au singulier, le Verbe qui suit doit aussi être au singulier : Et s'il est au pluriel, le Verbe doit aussi être au pluriel.

Exemples.

Mon frère vient.	*Meus frater venit.*
Pierre étudie.	*Petrus studet.*
Ma Mère veut.	*Mea Mater vult.*
Ce garçon crie.	*Ille puer clamat.*
Les Rois commandent.	*Reges imperant.*
Les Ecoliers apprennent.	*Discipuli discunt.*

Exemples pour l'application de la ſeconde Règle.

La Charité exige.	*Caritas, exigere, go, gis, egi, actum.*
La Prudence vouloit.	*Prudentia, velle, volo, volui.*
Mon Ami s'en eſt allé.	*Meus Amicus, abire, eo, is, ivi, itum.*
L'Enfant avoit compris.	*Puer, intelligere, go, gis, lexi, lectum,* Act.
Ta Mère viendra.	*Tuus Mater,* f. *venire, io, is, veni, ventum.*
Dieu conduiſe.	*Deus, ducere, co, cis, xi, ctum.*
La Juſtice demanderoit.	*Juſtitia, exigere,* ou *poſtulare.*
Je ſouhaite qu'il ait lu.	*Cupere, io, is, cupivi, cupitum, ut legere, legi.*
Les hommes auroient été heureux.	*Homo, inis, eſſe felix, cis.*
Lorſque ton Fils aura lu.	*Cùm tuus filius legere.*
Ma femme prioit.	*Meus uxor,* f. *precari.*
Ta Mère a promis.	*Tuus Mater,* f. *pollicêri.*
Cet enfant auroit été nourri.	*Ille infans,* m. *nutriri.*
Le Tems viendroit.	*Tempus, venire.*
La pluie ſeroit tombée.	*Pluvia, cadere, do, dis, cecidi, caſum.*
Cette femme ſera punie.	*Ille mulier,* f. *puniri, ior, itus ſum.*

Cette leçon étoit contenue.	*Ille lectio*, f. *continêri*, *eor*, *tentus sum.*
Les hommes ſavent.	*Homo ſcire*, *ſcio*, *ſcis*, *ſcivi*, *ſcitum.*
La Vertu brilleroit.	*Virtus*, *fulgêre* ou *ſplendêre*, *eo*, *es.*
Le Seigneur a commandé.	*Dominus imperare.*
Les Enfans ſages obéiront.	*Puer*, *ri*, m. *ſapiens*, *tis*, adj. *obedire*, *io*, *ivi*, *itum.*
Cette perſonne auroit vu.	*Ille homo*, m. *videre*, *eo*, *es*, *vidi*, *viſum.*
L'Ecolier aura appris.	*Diſcipulus diſcere*, *ſco*, *didici.*
Les Arbres croiſſent.	*Arbor*, *creſcere*, *ſco*, *ſcis*, *crevi*, *cretum.*
L'Argent eſt diminué.	*Pecunia*, *diminui*, *uor*, *nutus ſum.*
Chacun ſera rappellé.	*Quiſque*, *quæque*, *quodque*, *revocari*, *or*, *atus ſum.*
Les Affligés ſeront ſoulagés.	*Afflictus*, *a*, *um*, *levari*, *or*, *atus ſum.*

REGLE III.

D. En quel cas met-on le Nom qui eſt après les Verbes *eſſe*, être ; *fieri*, devenir ; *habêri*, paſſer pour ; *vidêri*, ſembler, paroître ; *manêre*, demeurer ; *vocari*, être appellé ?

R. On le met au même cas que le nom qui précède ce verbe.

Exemples.

Cet écolier eſt diligent.	*Ille diſcipulus eſt diligens*
Tu deviendra ſavant.	*Fies doctus.*
Cet homme paſſe pour riche.	*Ille homo habetur dives.*
Il me paroît ſage.	*Mihi videtur ſapiens.*
Il demeuroit immobile.	*Manebat immobilis.*

Exemples pour l'application de la troiſième Règle.

La Vieilleſſe elle-même eſt une maladie.	*Senectus, tis,* f. *ipſe eſſe morbus, i,* m.
Nous ſommes les Enfans de Dieu.	*Ego eſſe filius Deus.*
Cet Enfant eſt devenu malheureux.	*Ille puer fieri miſer, a, um.*
Le riche paſſe pour être heureux.	*Dives, itis, haberi, eor, itus ſum, felix,* ou *beatus, a, um.*
Cette maiſon eſt très-grande.	*Ille domus, ûs,* f. *eſſe maximus, a, um.*
Tous ont été rappellés.	*Omnis, e, eſſe revocatus, a, um.*
Cet écolier auroit été ſage.	*Ille diſcipulus, eſſe ſapiens.*
Cette connoiſſance ſemble inutile.	*Ille cognitio, onis,* f. *vidêri, eor, viſus ſum, inutilis, e.*

Cet événement paroîtra fâcheux.	*Ille eventus, ûs,* m. *vidêri molestus, a, um.*
Ce Prince passoit pour cruel.	*Ille Princeps, cipis,* m. *habêri crudelis, e.*
Nous passerons tous pour insensés.	*Habêri omnis insanus, a, um.*
Cela a paru vraisemblable.	*Illud vidêri verisimilis, e.*
Les hommes seroient demeurés les maîtres.	*Homo manêre, eo, es, mansi, Dominus.*
L'Action auroit paru injuste.	*Actio, nis,* f. *vidêri injustus, a, um.*
Souvent le Vice est appellé Vertu.	*Sæpe Vitium, ii,* n. *vocari, or, aris, atus sum, Virtus, tis,* f.
Les Pacifiques seront appelés Enfans de Dieu.	*Pacificus, a, um, vocari Filius Deus.*
L'Ecolier appliqué à l'étude deviendra savant.	*Discipulus studiosus fieri doctus.*
Les Pauvres sont regardés comme malheureux.	*Pauper, ris, habêri miser, a, um.*
Ces lettres sont jolies.	*Illa Epistola, æ,* f. *esse elegans.*
Notre Seigneur a été appelé Fils de Dieu.	*Noster Dominus vocari filius Deus.*
Cette Religion est très-excellente.	*Ille Religio,* f. *esse excellentissimus.*
Cette Vérité auroit paru importante.	*Ille Veritas, tis,* f. *vidêri momentosus.*

REGLE IV.

D. Lorſque deux Subſtantifs qui ſignifient des choſes différentes, ſont joints enſemble, & qu'après le premier il y a un de ces petits mots, *de*, *du*, *des*, *de la*, *d'un*, *d'une*, en quel cas faut-il mettre le ſecond Subſtantif ?

R. On met le ſecond Subſtantif au Génitif.

Exemples.

L'Honneur de mon Fils.	*Honor mei filii.*
La Gloire de l'Egliſe.	*Gloria Eccleſiæ.*
La Faveur des Rois.	*Gratia Regum.*
La Sageſſe des Ecoliers.	*Sapientia Diſcipulorum.*

Exemples pour l'application de la quatrième Règle.

La lecture de ce livre.	*Lectio ille*, g. *illius*, *liber*, *bri.*
L'Amour de la Vertu.	*Amor*, *ris*, m. *Virtus*, *utis.*
La Ville du Grand Roi.	*Urbs*, *bis*, f. *magnus*, *i*, *Rex*, *regis*, m.
La plume de mon ami.	*Penna meus amicus*, *i.* m.
La femme de mon voiſin.	*Uxor meus vicinus*, *i.* m.
La volonté de Dieu.	*Voluntas Deus*, *i.* m.
La vieilleſſe de ma Mère.	*Senectus meus Mater*, *tris*, f.
Les vices des hommes.	*Vitium homo*, *inis.*
L'étude des Belles-Lettres.	*Studium Humaniores*, *rum*, *Litteræ*, *arum*, f.

Le désir du bonheur.	*Cupiditas Felicitas, atis.*
Les biens de la Terre.	*Bonum Terra, æ.*
Le secours du Saint Esprit.	*Auxilium Sanctus, a, um, Spiritus, ûs,* m.
L'exemple des gens de bien.	*Exemplum vir,* g. *viri,* m. *probus,* ou *bonus.*
La perte de sa réputation	*Jactura suus fama, æ,* f.
Une maladie de l'Ame.	*Morbus Anima, æ,* f.
Le chemin du Ciel.	*Via Cœlum, i,* n.
Le sentier du salut.	*Semita Salus, tis,* f.
Les Commandemens de Dieu.	*Mandatum, i,* n. *Deus, i,* m.
Le Seigneur de tous les hommes.	*Dominus omnis homo, inis,* m.
L'attention des Ecoliers.	*Attentio Discipulus, i.*
L'ordre du Prince.	*Jussum Princeps, cipis,* m.
La prière de nos frères.	*Precatio noster frater, tris,* m.
L'opiniâtreté de certaines gens.	*Pertinacia quidam homo, inis,* m.
La véritable crainte de Dieu.	*Verus timor, ris,* m. *Deus, i.*
La foiblesse de la nature humaine.	*Debilitas,* ou *infirmitas natura humana, æ,* f.
La Règle de la Vie.	*Regula vita, æ.*
La Connoissance de nos devoirs.	*Cognitio noster officium, cii,* n.
L'ouvrage de nos mains.	*Opus, eris,* n. *noster manus, ûs,* f.

REGLE V.

D. Quand eſt-ce qu'il faut mettre un nom au Datif?

R. C'eſt ordinairement lorſque devant ce nom il y a un de ces petits mots, *à*, *au*, *aux*, *à la*, *à un*, *à une:* ou lorſqu'il eſt après un verbe qui régit le Datif, comme ſont les Verbes *ſtudere*, étudier; *favere*, favoriſer; *ſupplicare*, ſupplier; *benedicere*, bénir; *maledicere*, maudire; *parcere*, épargner; *adulari*, flater; *blandiri*, careſſer.

Exemples.

J'ai donné cela à mon frère.	*Dedi illud meo fratri.*
Le travail eſt utile à un enfant.	*Labor eſt utilis puero.*
Répondre à quelqu'un.	*Reſpondêre alicui.*
Etre du ſentiment des autres.	*Aſſentiri aliis.*
Careſſer ſes amis.	*Blandiri amicis.*

Exemples pour l'application de la cinquième Règle.

Nous rendons aux autres.	*Reddere, o, is, didi, ditum, alius, a, ud.*
Je ſuis attaché à ce livre.	*Eſſe affixus, a, um, ille liber, g. illius libri.*
L'Oiſiveté eſt pernicieuſe à tous.	*Otium, ii, n. eſſe perniciosus omnis.*
Tu dois étudier cette Science.	*Debêre, eo, ſtudêre, eo ille ſcientia.*

Il faiſoit du mal à ſa famille.	*Nocêre, eo, nocui, ſuus familia, æ,* f.
Nous avons ſupplié notre Père.	*Supplicare noſter Pater,* g. *noſtri Patris,* m.
Cette lecture ſera utile à ton fils.	*Ille lectio,* f. *eſſe utilis tuus filius, i.* m.
Dieu donnera aux hommes ſages.	*Deus dare, do, das, dedi, datum, homo ſapiens, entis.*
Je voudrois faire du bien à ton frère.	*Velle benefacere, cio, cis, feci, factum, tuus frater, tris,* m.
Ce nom ſera donné à mon Fils.	*Ille nomen dari meus filius, ii,* m.
Accordons à ce malheureux.	*Concedere, do, dis, ceſſi, ceſſum, ille miſer,* g. *illius miſeri.*
Il s'appliquera à cette lecture.	*Incumbere, o, is, cubui, ille lectio, onis,* f.
Nous avons étudié la Philoſophie.	*Studêre Philoſophia.*
Ce vice eſt funeſte aux hommes.	*Ille vitium,* n. *eſſe funeſtus, a, um, homo.*
Les perſonnes vertueuſes obéiſſent à la volonté de Dieu.	*Homo virtute præditus obedire voluntas,* g. *atis, Deus.*
Il a promis cela à ſon Maître.	*Pollicêri illud ſuus Præceptor, oris,* m.
Nous ſerons agréables à notre Père Céleſte.	*Eſſe gratus noſter Pater, tris,* m. *Cæleſtis.*
Le vice contraire à cette vertu.	*Vitium,* n. *contrarius ille virtus, utis,* f.

Nous ſommes ſujets à divers maux.	*Eſſe obnoxius varius malum.*
Il porte envie au bonheur des autres.	*Invidêre, eo, es, vidi, viſum, felicitas, atis, f. alius.*
Nous favoriſons les intérêts de cette perſonne.	*Favêre, eo, vi, fautum, commodum, i.* n. ou *utilitas, atis*, f. *ille homo.*
Il ne faut pas maudire les autres hommes.	*Non oportêre maledicere, co, cis, xi, ctum, alius homo.*

REGLE VI.

D. Quel cas régiſſent les Verbes Actifs, & la plupart des Verbes Déponens ?

R. Ils régiſſent l'accuſatif; & ce cas, on l'appelle alors, *le Cas* ou *le Régime du Verbe.*

Exemples.

Nous aimons Dieu.	*Amamus Deum.*
J'enſeigne mon frère.	*Doceo meum fratrem.*
Il prie le Seigneur.	*Precatur Dominum.*
Tu as lu un bon livre.	*Legiſti bonum librum.*

Exemples pour l'application de la ſixième Règle.

J'ai aimé la gloire.	*Amare gloria.*
Il liſoit de bons livres.	*Legere bonus liber.*
Tu poſſédois une belle Maiſon.	*Poſſidêre, eo, es, ſedi, ſeſſum, pulcher domus, ûs*, f.

Nous avons connu ce lieu-là.	*Cognoſcere, ſco, ſcis, novi, nitum, ille locus.*
Ils écrivent des lettres.	*Scribere, bo, bis, pſi, ptum epiſtola.*
Un ſage Ecolier apprend ſes leçons.	*Sapiens Diſcipulus diſcere*, ou *memoriæ mandare, ſuus lectio, onis.* f.
Pluſieurs négligent leurs devoirs.	*Multus negligere*, go, *gis, glexi, glectum, ſuus officium, ii*, n.
La ſcience rend la vie douce.	*Scientia efficere, cio, cis, feci, fectum, vita ſuavis, e.*
Il embraſſera ſes amis.	*Amplecti ſuus amicus.*
Dieu ſonde les cœurs.	*Deus ſcrutari, atus ſum, cor*, gen. *dis*, n.
Mon Père a employé ce moyen.	*Meus Pater adhibêre, eo, es, bui, bitum, ille ratio, onis*, f.
Nous augmenterons nos tréſors.	*Augere, geo, ges, xi, ctum, noſter theſaurus, i*, m.
Tu connoîtrois le véritable uſage de cela.	*Cognoſcere verus, a, um, uſus ille res*, gen. *rei.*
Bien des gens ſatisfont, *ou*, contentent leurs paſſions.	*Plurimus homo explêre, eo, es, evi, etum, ſuus cupiditas, atis*, f.
Notre Seigneur jugera tous les hommes.	*Noſter Dominus judicare omnis homo.*
Il eſt beau de contempler les ouvrages de la Nature.	*Pulcher eſſe contemplari opus, eris*, n. *Natura.*

Un Roi qui aime son peuple.	*Rex qui amare suus populus.*
Ils ont pratiqué cette vertu.	*Observare ille virtus, utis*, f.
La Créature qui connoît son Créateur.	*Res creata qui cognoscere suus Creator, oris*, m.
Ces savans ont acquis une très-grande réputation.	*Ille Doctus comparare maximus fama, æ*, f.
La Providence a placé l'homme sur la Terre.	*Providentia collocare homo in*, ou *super Terra.*
Les hommes trouvent en eux les règles de leur vie.	*Homo invenire, io, is, veni, ventum, in sui*, g. au datif, *sibi, regula suus vita, æ*, f.
Cet exemple portera mon frère à la Vertu.	*Ille exemplum*, n. *incitare meus frater ad virtus, utis*, f.

REGLE VII.

D. Quand est-ce qu'on emploie le *Vocatif?*

R. C'est quand on appelle quelqu'un, ou qu'on s'adresse à lui.

Exemples.

Seigneur, ayez pitié de moi.	*Domine, miserêre mei.*
Bernard, viens ici.	*Bernarde, huc veni.*
D'où reviens-tu, mon fils ?	*Unde redis, mi fili ?*
Mon Père, pardonnez-moi.	*Mi Pater, ignosce mihi.*

Exemples pour l'application de la ſeptième Règle.

Aide-moi, Seigneur.	*Adjuvare, o, as, juvi, jutum, ego, Dominus.*
Mon cher ami, revien bientôt.	*Meus dilectus Amicus, redire, eo, is, ivi, citò.*
Pierre, écoute.	*Petrus audire, dio, dis, audivi, auditum.*
Mon Maître, voulez-vous vous promener ?	*Meus Præceptor, volo ambulare ?*
Méchant garçon, tu ſera batu.	*Pravus puer, vapulare,* n.
O homme ingrat ! ne rougis-tu pas ?	*O homo ingratus ! nonne erubeſcere, ſco, ſcis, erubui,* n.
Monſieur, comment vous portez-vous ?	*Dominus, quomodo valére, eo, es, valui, valitum ?* n.
Malheureux, qu'as-tu fait ?	*Miſer, quid facere, feci, factum ?*
Antoine, où va-tu ?	*Antonius, quò vadere, do, dis, ſi, ſum.*
Approche ici, l'habile homme.	*Accedere, do, dis, ceſſi, ceſſum, hùc, peritus, a, um, homo.*
Mon fils, donne-moi ton cœur.	*Meus Filius, dare ego tuus cor,* g. *cordis,* n.
Vous faites prudemment, mon cher Couſin.	*Facere prudenter, meus dilectus Conſobrinus, i,* m.

Beau garçon, répon-moi.	*Formosus puer, respondêre, deo, es, di, sum, ego.*

REGLE VIII.

D. N'y a-t-il pas quelques Noms Adjectifs, & quelques Verbes qui régissent l'Ablatif ?

R. Oui, les Adjectifs qui régissent l'Ablatif sont, *dignus*, digne; *indignus*, indigne; *præditus*, doué; *ornatus*, orné; *contentus*, content; *fretus*, qui se confie *ou* qui s'appuie.

Les Verbes qui régissent l'Ablatif, sont *utor*, je me sers; *abutor*, j'abuse; *fruor*, je jouïs; *fungor*, je m'acquitte; *vescor*, je me nourris; à quoi il faut joindre, *opus est*, il est besoin.

Exemples.

Digne d'un grand honneur.	*Dignus magno honore.*
Content de peu de choses	*Contentus paucis rebus.*
Vertueux, doué de vertu.	*Præditus virtute.*
Orné de belles qualités.	*Ornatus eximiis dotibus.*
Plein de quelque chose.	*Plenus aliquâ re.*
Indigne de louange.	*Indignus laude.*
Se confiant sur ses forces.	*Fretus viribus.*
Je me sers de ta plume.	*Utor tuâ pennâ.*
S'acquitter de son devoir.	*Fungi suo officio.*
Nous jouissons de nos biens.	*Fruimur nostris bonis.*

Tu

Tu as abuſé de notre bonté.	*Abuſus es noſtrâ bonitate.*
Nous nous nourriſſons de légumes.	*Veſcimur leguminibus.*
J'ai beſoin d'un livre.	*Opus eſt mihi libro.*

Exemples pour l'application de la huitième Règle.

Ta femme eſt digne d'un tel honneur.	*Tuus uxor*, f. *eſſe dignus talis honor.*
Je connois des gens qui ſont contens de leurs biens.	*Cognoſcere homo qui eſſe contentus ſuus bonum.*
Nous ferons un bon uſage de nos talens.	*Benè uti, or, eris, uſus ſum, noſter dos, tis,* f.
Juſques à quand abuſeras-tu de ma patience?	*Quouſque abuti meus patientia?*
Ils ſe ſont acquittés de ce devoir.	*Fungi, or, eris, functus ſum, ille officium.*
Ces Ecoliers ont eu beſoin de ce livre.	*Ille Diſcipulus, egeo, eges, egui, ille liber.*
Il ne ſe paſſera point de cet amuſement.	*Non facilè carêre, eo, es, carui, ille ludus.*
Il a été dépouillé de tous ſes biens.	*Spoliari, or, aris, atus ſum, omnis ſuus bonum.*
Ceux qui ſe ſerviroient de ce moyen là.	*Ille qui uti ille ratio, nis,* f.
Il nous exemptera de cette peine.	*Nos eximere, o, is, emi, emptum, ille labor, ris,* m.

Ce Soldat s'étoit prévalu de la clémence du Roi.	*Ille miles, itis,* m. *uti clementia Rex, gis,* m.
Nous avons beſoin de bien des choſes.	*Egêre plurimus res.*
Chacun doit être content de ſon ſort.	*Quiſque debêre eſſe contentus ſuus ſors, tis,* f.
Les hommes jouiſſent de très-grands avantages.	*Homo frui, eris, fructus ſum, maximus commodum.*

REGLE IX.

D. En quel cas met-on les Noms qui marquent ou l'*Inſtrument* avec lequel on fait quelque choſe, ou le *Tems* auquel on l'a fait, ou *le Prix* d'une choſe qu'on vend ou achète ?

R. Il faut mettre ces Noms-là à l'Ablatif.

Exemples.

Il a frappé ſon frère d'un bâton.	*Percuſſit ſuum fratrem baculo.*
Il l'a bleſſé avec une pierre.	*Eum vulneravit lapide.*
Je viendrai à deux heures.	*Veniam horâ ſecundâ.*
Il eſt mort la première année.	*Mortuus eſt primo anno.*
J'ai acheté ce livre trois ſols.	*Emi illum librum tribus aſſibus.*

Exemples pour l'application de la neuvième Règle.

J'ai écrit plusieurs lettres avec une seule plume.	*Scribere multus epistola unicus penna.*
Il est allé en Classe à une heure.	*Ire in Schola prima hora.*
J'ai vendu ce cheval vingt écus.	*Vendere, do, dis, didi, ditum, ille equus viginti,* adj. indécl. *nummus.*
Nous avons reçu votre lettre le premier jour de ce mois.	*Accipere, pio, pis, cepi, ceptum, tua epistola primus dies hic mensis,is,*m.
Nous irons Dimanche.	*Ire dies Dominicus,* gen. *diei Dominici.*
Mon Père reviendra la semaine prochaine.	*Meus Pater redire, eo, is, ivi, itum,* n. *hebdomas dis,* f. *proximè futurus, a, um.*
Il l'a blessé d'un coup de canif.	*Is vulnerare ictus, ûs,* m. *scalpellum.*
Ce cheval a coûté trente écus.	*Ille equus,ui,* m. *constare, constitit, triginta,* adj. indéclin. *nummus.*
Il a mis en gage ses livres pour six sols.	*Oppignerare suus liber sex,* adj. indéclin. *as, assis,* m.
Nous avons recité la leçon ce matin.	*Recitare lectio hic tempus matutinum,* gén. *temporis matutini,* n.

Les Ecoliers apprendront leur leçon ce ſoir.	*Diſcipulus diſcere ſuus lectio hic veſper,eris,*m.
Tous les hommes ſeront jugés au dernier jour.	*Omnis homo judicare ultimus dies.*
Chaque année il remporte le prix.	*Unuſquiſque,unaquæque, unumquodque, annus, anni,* m. *referre, fero, retuli, relatum, præmium, ii,* n.
Je ne veux pas revenir à deux heures.	*Non poſſe redire hora ſecunda.*
Mon frère a écrit pluſieurs lettres le mois paſſé.	*Meus frater ſcribere multus epiſtola menſis, is,* m. *præteritus, a, um.*
Dieu ſe repoſa le ſeptième jour.	*Deus requieſcere,ſco,ſcis, evi, etum,* n. *ſeptimus, a, um, dies.*
Je le peindrai des mêmes couleurs.	*Is pingere, go, gis, pinxi, pictum, idem color, oris,* m.
Notre Seigneur reſſuſcita le premier jour de la ſemaine.	*Noſter Dominus reſurgere,go,gis, rexi, rectum, primus dies hebdomas, dis,* f.

REGLE X.

D. Quand, après un Verbe Paſſif, il y a un de ces petits mots, *de, du, des, par, par le, par la, par les,* & que le Nom qui ſuit eſt le

Nom d'une chose *animée*, comme d'une personne ou d'une bête, comment exprime-t-on ce petit mot ?

R. On l'exprime par la préposition *a*, si le mot qui suit commence par une consonne, & par *ab*, si ce mot commence par une voyelle.

Exemples.

Je suis aimé de mon Père.	*Amor a meo patre.*
Il est loué de tous.	*Laudatur ab omnibus.*
Il a été dévoré par les loups.	*Devoratus est a lupis.*

Exemples pour l'application de la dixième Règle.

Les gens de bien sont aimés de Dieu.	*Vir probus amari à Deus*, gén. *Dei.*
Nous serons approuvés de notre Juge.	*Approbari à noster Judex*, *icis*, m.
Cette vertu a été pratiquée par les Payens.	*Ille Virtus coli*, *or*, *eris*, *cultus sum*, *ab Ethnicus*, *i*, m.
Une telle conduite est blâmée de tout le monde.	*Talis agendi ratio vituperari*, *or*, *aris*, *atus sum*, *ab omnis.*
Les méchans sont rejet- de Dieu.	*Improbus*, *a*, *um*, *rejici*, *cior*, *ceris*, *rejectus sum*, *à Deus.*

Les perſonnes vertueuſes ſont conduites par le Saint Eſprit.	*Homo virtute prœditus dirigi, gor, directus ſum, à Sanctus, a, um, Spiritus, ûs,* m.

Et ſi le Nom qui eſt après le Verbe Paſſif, marque une choſe *inanimée*, il ſe met à l'Ablatif ſans prépoſition, comme :

Etre vaincu par la douleur.	*Vinci dolore.*
Etre nourri de lait.	*Nutriri lacte.*

Exemples pour l'application de cette Règle.

Son ame eſt parée d'excellentes qualités.	*Ejus anima exornari, or, aris, atus ſum, eximius, a, um, virtus, utis,* f.
Revêtu d'un habit royal.	*Indutus, a, um, veſtis, is,* f. *regius, a, um.*
Il fut ſaiſi de terribles douleurs.	*Corripi, pior, peris, correptus ſum,* Paſſ. *horrendus dolor, ris,* m.
La nature étoit ſurpaſſée par l'art.	*Natura ſuperari, or, aris, atus ſum,* Paſſ. *ars, tis,* f.
Ce Champ eſt paré de nouveaux fruits.	*Ille ager, gri,* m. *ornari, novus, a, um, fructus.*
Nos loix ſont réglées par l'équité.	*Noſter lex, gis,* f. *regi, or, eris, rectus ſum, æquitas, tis,* f.

J'ai été offensé de son audace.	*Offendi, or, eris, offensus sum, ejus audacia, æ,* f.
Nous nous arrêtons trop aux choses de la Terre.	*Detineri, eor, eris, detentus sum, nimis res terrenus, a, um.*
Les Soldats Romains étoient endurcis au travail.	*Miles, itis,* m. *Romanus indurari labor, ris,* m.
Il a été attiré par cette promesse.	*Allicere, cio, cis, lexi, lectum,* Act. *ille promissum, i,* n.
La vie humaine est mêlée de tant de maux.	*Vita humana miscere, sceo, miscui, mixtum, tot,* adj. indécl. *malum.*

REGLE XI.

D. Comment exprime-t-on le mot *pour*, lors qu'il est devant un Verbe qui n'est pas au Passif?

R. On l'exprime par la préposition *ad*, & alors l'Infinitif qui suit se met au Gérondif en *dum*.

Exemples.

Pour aimer. - - - -	*Ad amandum.*
Pour enseigner. - - -	*Ad docendum.*
Pour lire. - - - -	*Ad legendum.*
Pour nourrir. - - -	*Ad nutriendum.*
Pour admirer. - - -	*Ad mirandum.*

Exemples pour l'application de la Règle onzième.

Pour dérober. - - -	*Ad furari, or, aris, atus ſum*, Dép.
Pour mériter. - - -	*Ad mereri, eor, eris, meritus ſum*, Dép.
Pour acquérir. - - -	*Ad adipiſci, ſcor, ſceris, adeptus ſum*, Dép.
Pour conſentir. - - -	*Ad aſſentiri, tior, tiris, ſus ſum*, Dép.
Pour dompter. - - -	*Ad domare, o, as, domui, domitum*, Act.
Pour avertir. - - -	*Ad monêre, eo, es, monui, monitum*, Act.
Pour recommander. -	*Ad præſcribere, bo, bis, pſi, ptum*, Act.
Pour finir. - - - -	*Ad finire, io, is, ivi, itum*, Act.
Pour jouïr. - - - -	*Ad frui, or, eris, fructus ſum*, Dép.
Pour faire. - - - -	*Ad facere, cio, cis, feci, factum*, Act.

Mais s'il y a devant un Infinitif paſſif, comme les Verbes Paſſifs n'ont point de Gérondifs, il faudra tourner le *pour*, par *afin que*, & l'Infinitif, par un Tems du Subjonctif, comme :

Il parle ainſi pour être loué : *Sic loquitur ut laudetur :* tournez, *afin qu'il ſoit loué.*

Exemples pour l'application de la Règle.

Dieu pardonne pour être aimé, t. *afin qu'il ſoit aimé.*	*Deus ignoſcere, ſco, ſcis, ignovi, ignotum, ut amari.*
Nous venons pour être appelés, t. *afin que nous ſoyons appelés.*	*Venire, ut vocari*, ou *nominari.*
Il a fait cela pour être connu, t. *afin qu'il fût connu.*	*Id facere, ut cognoſci.*
Il ſe ſoumet, pour être élevé, t. *afin qu'il ſoit élevé.*	*Sui*, dat. *ſibi, ſubmittere, to, tis, miſi, miſſum, ut extolli*, or, *eris, elatus ſum.*
Il veut agir ainſi, pour être honoré, t. *afin qu'il ſoit honoré.*	*Velle agere*, o, *is, egi, actum, ſic, ut honorari.*
Tu t'ès conduit de cette manière, pour être loué, t. *afin que tu fuſſes loué.*	*Tu*, gén. *tui, gerere, o, is, geſſi, geſtum, hic modus, i*, m. *ut laudari.*
Nous devons connoître la Religion, pour être heureux, t. *afin que nous ſoyons heureux.*	*Debêre, eo, es, debui, debitum*, Act. *cognoſcere Religio, ut eſſe felix.*

REGLE XII.

D. Que fait-on lorſqu'après un Verbe de Mouvement à un lieu, il y a un autre Verbe à l'Infinitif?

R. Il faut mettre le *Supin* à la place de l'Infinitif qui est après un Verbe de mouvement.

Exemples.

Je viens écrire la leçon.	*Venio scriptum lectionem.*
Je vais supplier mon Père.	*Eo supplicatum meo Patri.*
Nous venons écouter le Maître.	*Venimus auditum Præceptorem.*
Ils vont acheter des livres.	*Eunt emptum libros.*

Exemples pour l'application de la douzième Règle.

Nous irons chasser.	*Ire venari, or, aris, venatus sum*, Dép.
Il est venu voir les jeux.	*Venire spectare ludus, i*, masc.
Nous reviendrons vous saluer.	*Redire, eo, is, ivi, itum*, n. *tu*, gén. *tui salutare.*
Il est allé faire venir la nourrice.	*Ire accersere*, o, *is, sivi, situm*, Act. *nutrix*, g. *tricis.*
Il seroit allé vendre ses habits.	*Ire vendere suus vestis, is*, f.
Nous viendrons réciter notre leçon.	*Venio recitare noster lectio*, f.
Vous reviendrez souper.	*Redire cœnare.*
Nous sommes venus contempler votre ouvrage.	*Venire contemplari tuus opus, eris*, n.

Tous s'en vont coucher.	*Omnis abire*, *eo*, *is*, *ivi*, *itum*, *cubare*, o, *as*, *cubui*, *cubitum*, n.
Il eſt allé appeler ſon frère.	*Ire vocare ſuus frater.*
Les ſoldats viendront ravager les campagnes.	*Miles*, *itis*, *venire depopulari*, *or*, *aris*, *atus ſum*, *ager*, *gri.*
Le Général viendra paſſer en revue ſon armée.	*Dux*, *cis*, ou, *Imperator*, *oris*, m. *venire recenſere*, *eo*, *es*, *ſui*, *ſitum*, *ſuus exercitus*, *ûs*, m.
Il ſeroit venu dreſſer des embuches à mon frère.	*Venire ſtruere*, o, *is*, *xi*, *ctum*, *inſidiæ*, *arum*, f. pl. *meus frater*, *tris*, m.
Les ennemis vinrent aſſiéger la ville.	*Hoſtis*, *is*, m. *venire obſidêre*, *eo*, *es*, *ſedi*, *ſeſſum*, *Urbs*, *bis*, f.
Le Maître viendra châtier les enfans déſobéiſſans.	*Præceptor*, *oris*, m. *venire caſtigare puer inobſequens*, g. *tis*, adj.
Ils ſont revenus puiſer de l'eau dans la fontaine.	*Redire haurire*, *io*, *is*, *hauſi*, *hauſtum*, *aqua ex fons*, *tis*, m.
Mon Fils eſt allé acheter des plumes.	*Meus Filius ire emere*, o, *is*, *emi*, *emptum*, *penna*, *æ*, f. ou *calamus*, *i*, m.

REGLE XIII.

D. Comment exprime-t-on la particule, *que*, quand elle eſt après un Verbe ?

R. *Que*, après un Verbe, s'exprime par la conjonction *quòd*, comme :

Je ſais que tu viendras.	*Scio quòd tu venies.*
Nous voyons que tu es ſavant.	*Videmus quòd es doctus.*

Mais lorſqu'on veut parler plus élégamment, on retranche le *quòd*, on met le Nom ou le Pronom ſuivant à l'Accuſatif, & le Verbe à l'Infinitif, au même tems qu'il eſt à l'Indicatif, comme :

Nous voyons que tu es ſavant.	*Videmus te eſſe doctum.*
Je ſuis bien aiſe que ton Père ſe porte bien.	*Gaudeo tuum Patrem benè valêre.*
Je dis qu'il eſt venu.	*Dico illum veniſſe.*
Nous ſavons qu'il arrivera.	*Scimus illum adventurum eſſe.*

Exemples pour l'application de la treizième Règle.

Nous voyons que toutes choſes changent.	*Vidêre quòd omnis res mutari, or, aris, mutatus ſum*, Paſſ.

Perſonne n'ignore que tout homme eſt pécheur.	*Nemo, inis,* m. *ignorare quòd omnis homo eſſe peccator, oris,* m.
Tous les Chrétiens croient que Jéſus-Chriſt eſt le Fils de Dieu.	*Omnis Chriſtianus credere, o, is, didi, ditum, quòd Jeſus-Chriſtus eſſe Filius Deus.*
L'Ecriture Sainte nous enſeigne que Dieu gouverne toutes choſes.	*Scriptura Sacer, cra, crum, ego docere quòd Deus regere, o, is, xi, ctum, omnis res.*
J'ai ouï dire que ton Père eſt revenu.	*Audire quòd tuus Pater redire, deo, dis, dii, ditum,* n.
Il eſt évident que ce moyen eſt injuſte.	*Liquêre quòd ille ratio,* f. *eſſe injuſtus, a, um.*
Je reconnois que j'ai commis une grande faute.	*Agnoſcere, ſco, ſcis, novi, nitum,* Act. *quòd ego committere, o, is, miſi, miſſum,* Act. *grvis, e, peccatum,* n.
Il a oſé aſſurer qu'il n'y a point de Providence.	*Audêre, eo, auſus ſum, affirmare quòd non eſſe Providentia.*
Je prévois que la choſe ne réuſſira pas.	*Præcognoſcere quòd res non proſperè ſuccedere, o, is, ceſſi, ceſſum.*
Il m'a promis qu'il favoriſera tes études.	*Ego pollicêri quòd favêre, eo, favi, fautum,* dat. *tuus ſtudium, ii,* n.

REGLE XIV.

D. Quand la particule, *que*, eſt après un Comparatif, comment l'exprime-t-on ?

R. On l'exprime par la Conjonction, *quàm*.

Exemples.

Ton Fils eſt plus heureux que le mien.	*Tuus filius eſt felicior quàm meus.*
Mon pré eſt plus grand que le tien.	*Meum pratum eſt majus quàm tuum.*
Je connois des gens qui ſont plus ſages que nous.	*Cognoſco homines qui ſunt ſapientiores quàm nos.*
Ton frère vit mieux que toi.	*Tuus frater vivit meliùs quàm tu.*
Ma maiſon eſt moins grande que la maiſon de mon voiſin.	*Mea domus eſt minùs magna quàm domus mei vicini.*

Pour parler plus élégamment, on peut quelquefois retrancher la Conj. *quàm*, & mettre le nom ſuivant à l'Ablatif, comme :

La Vertu eſt plus précieuſe que l'or.	*Virtus eſt pretioſior auro.*
Il n'y a rien de plus sûr qu'un bon conſeil.	*Nihil eſt tutius recto conſilio.*
La ſageſſe eſt plus déſirable que la Science.	*Sapientia eſt optabilior doctrinâ.*

Exemples pour l'application de la quatorzième Règle.

Il n'y a rien de plus affreux que la Guerre.	*Nihil*, neut. indéc. *eſſe magis horrendus*, *a*, *um*, *quàm bellum*, *i*, n.
Ce Marchand eſt incomparablement plus riche que moi.	*Ille Mercator*, *oris*, m. *eſſe longè ditior*, *& ditius quàm ego.*
J'ai des livres plus proprement reliés que les tiens.	*Habêre liber*, m. *elegantiùs compactus quàm tuus.*
La Religion Chrétienne eſt plus excellente que les autres.	*Religio Chriſtianus eſſe præſtantior*, *& tius*, *quàm alius*, *a*, *ud.*
Mon frère a été plus heureux qu'il n'eſpéroit.	*Meus frater eſſe felicior*, *& cius*, *quàm ſperare.*
La connoiſſance de la Religion eſt plus néceſſaire que toute autre Science.	*Cognitio Religio eſſe magis neceſſarius quàm omnis alius Scientia.*
Il vaut mieux obéir à Dieu qu'aux hommes.	*Præſtare*, *præſtitit*, *obedire Deus quam homo.*
Il n'y a rien de plus déſirable que la Paix.	*Nihil eſſe optabilior*, *& lius*, *quàm Pax*, *cis*, f.
Il entend cela beaucoup mieux que nous.	*Intelligere ille multò meliùs quàm ego.*
Cet ouvrage eſt plus utile que le mien.	*Ille opus*, *eris*, n. *eſſe utilior*, *& lius*, *quàm meus.*

REGLE XV.

D. La particule *que*, s'exprime-t-elle toujours de la manière que vous venez de le dire ?

R. Non ; très-ſouvent elle eſt un Pronom : & on le connoît, lorſqu'on peut la tourner par un de ces mots, *lequel*, *laquelle*, *leſquels*, *leſquelles*. Il faut alors mettre ce pronom, au même genre & au même nombre, du nom Subſtantif auquel il ſe rapporte, & au cas que régit le Verbe ſuivant.

Exemples.

Le livre que tu as oublié.	*Liber cujus oblitus es.*
La perſonne que je favoriſe.	*Homo cui faveo.*
La maiſon que je vois.	*Domus quam video.*
Dieu que nous ſervons.	*Deus quem colimus.*
Les fautes que nous avons commiſes.	*Peccata quæ commiſimus.*
Le nom que je porte.	*Nomen quod fero.*
Les hommes que nous aimons.	*Homines quos amamus.*
Les femmes que nous admirons.	*Mulieres quas admiramur.*
La leçon que j'apprends.	*Lectio quam memoriæ mando.*

Le mot *dont*, peut auſſi ſe tourner par, *duquel*, *de laquelle*, *deſquels*, *deſquelles* : & il ſe met ordinairement au cas que régit le dernier mot de la phraſe, comme :

La

La Vertu dont j'admire la beauté.	*Virtus cujus admiror pulchritudinem.*
Le livre dont je me ſers.	*Liber quo utor.*
Les devoirs dont nous nous acquittons.	*Officia quibus fungimur.*
Les liens dont l'Auteur de la Nature s'eſt ſervi.	*Vincula quibus auctor Naturæ uſus eſt.*

Exemples pour l'application de la quinzième Règle.

Les divers moyens dont Dieu s'eſt ſervi.	*Varius ratio*, f. *qui, quæ, quod, Deus uti, or, eris, uſus ſum.* Dép. Abl.
Toutes les choſes dont les hommes ont beſoin.	*Omnis res qui homo egêre*, gén. *ou* ablat.
Les jugemens que Dieu exerce.	*Judicium, ii*, n. *qui Deus exercêre, eo, es, cui, citum.* Act. acc.
Les graces que la Divinité répand.	*Gratia*, f. *qui Deus*, ou *Numen*, n. *Divinus, effundere, do, dis, fudi, fuſum.* acc.
Les promeſſes qu'il a faites aux gens de bien.	*Promiſſum, i*, n. *qui facere bonus.*
Les lois que Dieu a données aux hommes.	*Lex*, f. *qui Deus dare, dedi, datum, homo.*
Les avantages dont nous ſommes participans.	*Utilitas*, f. *qui eſſe particeps*, g. *cipis.* adj. gén.

La leçon dont je me fouviendrai.	*Lectio qui meminiſſe*, *memini*, gén.
La bonté dont ils ont abuſé.	*Bonitas, tis*, f. *qui abuti*, *or, eris, abuſus ſum*, abl.
Les hommes que je vois.	*Homo qui vidêre, eo, vidi, viſum*, acc.
Les maux que je redoute.	*Malum*, n. *qui formidare*, acc.
Ce diſcours dont j'ignore l'effet.	*Ille ſermo, onis*, m. *qui ignorare effectus, ûs*, m.
L'Ami fidèle dont je connois la vertu.	*Amicus fidelis qui cognoſcere virtus, tutis.*
La Religion que nous avons embraſſée.	*Religio, onis*, f. *qui amplecti, xus ſum*, acc.
Les fautes que nous avions commiſes.	*Peccatum*, n. *qui committere, to, tis, miſi, miſſum*, acc.
Le Maître de qui nous dépendons.	*Dominus à*, prép. *qui pendêre, eo, es, pependi.*
Les mauvais deſſeins que vous avez favoriſés.	*Pravus Conſilium*, n. *qui favêre, eo, es, favi, fautum*, n. dat.
Le Prince que nous avons ſupplié.	*Princeps qui ſupplicare*, n. dat.
Les avantages dont tous les hommes jouiſſent.	*Commodum qui omnis homo frui, or, eris, fructus ſum.* Dép. abl.
Toutes ces précautions que la Prudence recommande.	*Omnis ille cautio, onis*, f. *qui Prudentia præſcribere, pſi, ptum.* acc.

La perſonne dont je connois le caractère, ou, le naturel.	*Homo qui cognoſcere indoles, is*, f.
Le Menſonge eſt un vice que nous devons tous déteſter.	*Mendacium, cii*, n. *eſſe vitium qui debêre omnis deteſtari*, acc.
Les maux que nous redoutons.	*Malum qui reformidare*, acc.
Les fruits dont nous nous nourriſſons.	*Fructus qui veſci, ſcor, ſceris*, abl.
Le péché que tu as commis.	*Peccatum qui committere.*
Les Ouvrages de la Création que nous admirons.	*Opus*, gén. *eris*, n. *Creatio, onis*, f. *qui admirari, or, aris, atus ſum*, Dép. acc.
Les effets que cette Cauſe a produits.	*Effectus, ûs*, m. *qui ille Cauſa*, f. *procreare.*
Les ſervices dont je me ſouviens.	*Beneficium qui meminiſſe*, gén.
Les belles qualités dont il eſt orné.	*Egregius*, ou, *eximius dos, tis*, f. *qui eſſe ornatus, a, um*, abl.
La Juſtice que l'Evangile recommande.	*Juſtitia qui Evangelium præſcribere*, acc.

REGLE XVI.

D. La particule *que*, ne s'exprime-t-elle pas auſſi quelquefois par la Conjonction *Ut* ?

R. Oui, & alors la Conjonction *ut* régit le

Subjonctif. Cela arrive principalement dans ces deux cas : 1°. *que* s'exprime par *ut*, après les Verbes, *velle*, vouloir : *facere*, faire : *oportet*, il faut : *necesse est*, il est nécessaire : *cupere*, souhaiter : *accidit*, il arrive : *exigere*, exiger : *precari*, ou *orare*, prier.

Exemples.

Je veux que tu reviennes bientôt.	*Volo ut redeas citò.*
L'Etude fait que l'esprit se cultive.	*Studium facit*, ou, *efficit ut ingenium excolatur.*
Il faut que tu étudies.	*Oportet ut studeas.*
Il est nécessaire qu'il parte.	*Necesse est ut proficiscatur.*
Je souhaite qu'il devienne savant.	*Cupio ut evadat doctus.*
Il est arrivé que personne n'a été reçu.	*Accidit ut nemo receptus fuerit.*
Je prie Dieu qu'il me donne un esprit sain dans un corps sain.	*Precor*, ou, *oro Deum ut mihi det mentem sanam in corpore sano.*

Le second cas où *que* s'exprime par *ut*, c'est lors qu'il est après un Nom adjectif, ou après un Adverbe précédé de la Conjonction *si*, ou après un Verbe joint à une de ces Conjonctions, *si fort*, ou *tellement*. Et dans ce cas, ces Conjonctions s'expriment par *adeò*, ou *ita*, ou *tam*.

Exemples.

Mon fils eſt ſi pareſſeux qu'il ne fait point de progrès.	*Meus filius eſt adeò piger, ut nullos faciat progreſſus.*
Il eſt ſi ſévère qu'il n'épargne perſonne.	*Ita ſeverus eſt ut nemini parcat.*
Tu étois ſi fort en colère, que perſonne n'oſoit te parler.	*Eras tam iratus ut nemo auderet te alloqui.*

Exemples pour l'application de la ſeizième Règle.

Je voudrois que tous les hommes fuſſent heureux.	*Velle ut omnis homo eſſe felix.*
Il a été néceſſaire que je le puniſſe.	*Neceſſe*, ou *neceſſarius eſſe ut is punire.*
Il eſt tellement appliqué à l'étude, qu'il eſt devenu plus ſavant que les autres.	*Ita*, ou, *adeò incumbere ſtudium, ut fieri doctior quàm alius.*
Mon Père & ma Mère ſouhaitent que je remporte le prix.	*Meus Pater & meus Mater cupere ut referre præmium.*
Il faut qu'il s'exerce beaucoup.	*Oportet ut ſui*, acc. *ſe*, *exercêre multùm.*
Il arrive ſouvent que les méchans ſemblent heureux.	*Accidit ſæpè ut improbus vidêri felix.*

De-là il arrive que plusieurs se plaignent.	*Inde fit*, ou, *evenit ut multi queri*, *or*, *eris*, *questus sum.*
Il faut faire ensorte que les autres soient contens de nous.	*Oportet facere ita ut alius esse contentus ego*, abl.
Il est si brutal que tous le fuient.	*Esse adeò ferus ut omnis is fugere*, *gio*, *gis*, *fugi*, *fugitum.*
Il se conduit de telle sorte que tout le monde le loue.	*Sui gerere ita ut omnis is laudare.*
J'exige que tu rendes l'argent que tu as pris.	*Exigere ut restituere pecunia*, f. *qui subripere*, *pio*, *pis*, *subripui*, *reptum*, acc.
Cet homme est si livré à ses passions, qu'il néglige tous ses devoirs.	*Ille vir esse adeò deditus suus cupiditas*, *ut negligere*, *xi*, *ctum*, *omnis suus officium.*
L'Amitié est quelque chose de si doux, que son nom seul est capable de nous attirer.	*Amicitia esse aliquid tam dulcis*, *ut ejus nomen solus posse ego allicere.*
Cette faute est si grande, que je ne saurois la pardonner.	*Ille culpa esse tantus*, *ut non possum is condonare.*
Il est si petit, que je ne peux pas le voir.	*Esse adeò parvus ut non possum is vidêre.*
J'aime mieux supporter ce tort, que de demander qu'il soit battu.	*Malle pati*, *ior*, *eris*, *passus sum*, *ille injuria*, *quàm postulare ut vapulare.*

Il eſt beſoin que le Maître le ſache.	*Opus eſſe ut Præceptor id ſcire.*
Fais enſorte de t'en ſouvenir, ou, que tu t'en ſouviennes.	*Facere ut meminiſſe.*
Il faut prier Dieu, qu'il nous rende ſaints par ſon Eſprit.	*Oportet precari Deus, ut ego facere ſanctus ſuus Spiritus, ûs*, m.
Tiens ce livre, à condition que tu le rendes.	*Accipere ille liber, is lex*, abl. *ut is reſtituere, tuo, tuis, tui, tutum.*
Ayes ſoin que la choſe réuſſiſſe.	*Curare ut res feliciter ſuccedere.*
Il eſt ſi poli qu'il plaît à tout le monde.	*Eſſe adeò comis ut arridêre, eo, es, riſi, riſum, omnis.*
Je prie Dieu, qu'il m'apprenne à obéir à ſa volonté.	*Precor*, ou, *oro Deus ut ego docêre parêre, eo, es, parui, ſuus voluntas, tis*, f.
Il a répondu ſi impertinemment, ſi mal à propos, qu'il a mérité d'être cenſuré.	*Reſpondêre adeò ineptè, ut merêri, eor, eris, ritus ſum*, Dép. *objurgari*, ou, *redargui*, Paſſ.

D. Qu'appelle-t-on, *Faire les parties d'une Phraſe*, ou *d'un Thême?*

R. C'eſt chercher ce qu'eſt chaque mot de la Phraſe, & le marquer en abrégé ſur chaque mot. Pour cet effet, il faut chercher d'abord les trois principaux mots, qui sont, le Verbe, le Nominatif du Verbe, & son Cas ou son Régime.

Exemples.

La Sagesse de Dieu conserve toutes les Créatures dans un Ordre merveilleux.

Je dirois : *Conserve* est le Verbe, & un Verbe actif. *La Sagesse* est le Nominatif du Verbe. *Toutes les Créatures*, est le Cas du Verbe, & un Accusatif, par la règle sixième. *De Dieu*, est au Génitif, par la Règle quatrième.

Dans est une préposition qui s'exprime par *in*.

Un Ordre merveilleux, est à l'Ablatif, par la règle des prépositions *in*, *sub*, *super*, & *subter*, après les verbes de repos. (voyez Demande 39.)

On peut marquer tout cela sur chaque mot, en y mettant les deux ou trois premières lettres de la Partie : ainsi *v. a.* signifie *Verbe Actif*. *N.* signifie *Nominatif*. *Conj.* signifie *Conjonction*. *Prép.* signifie *Préposition* &c. De cette manière :

n. g. v. a. adj. acc.
La Sagesse de Dieu conserve toutes les Créatures
prép. abl. adj.
dans un Ordre merveilleux.

BIBLIOTHEQUE ROYALE

FIN.

www.ingramcontent.com/pod-product-compliance
Ingram Content Group UK Ltd.
Pitfield, Milton Keynes, MK11 3LW, UK
UKHW020436180726
13839UKWH00004B/1518

9 782329 132273